Ein Weihnachtsabend
mit Joachim Ringelnatz

Ein Weihnachtsabend mit Joachim Ringelnatz

Reclam

RECLAMS UNIVERSAL-BIBLIOTHEK Nr. 14209
2021 Philipp Reclam jun. Verlag GmbH,
Siemensstraße 32, 71254 Ditzingen
Umschlaggestaltung: zero-media.net
Umschlagabbildung: Marko Pernhart: Winterlandschaft, Ljubljana –
© World History Archive / Alamy Stock Foto
Abbildung S. 6: © Joachim-Ringelnatz-Museum
Schmuckelemente: © shutterstock / Nadezhda Molkentin
Druck und Bindung: Eberl & Koesel GmbH & Co. KG,
Am Buchweg 1, 87452 Altusried-Krugzell
Printed in Germany 2022

ISBN 978-3-15-014209-7
www.reclam.de

Inhalt

Joachim Ringelnatz

Weihnachten mit Ringelnatz

Bei ihm ging es zu Weihnachten nicht immer besinnlich zu. Vielmehr wusste er das Fest der Liebe mit Witz und Melancholie zu gestalten, denn nicht zuletzt war Joachim Ringelnatz (1883–1934) ein begeisterter Kabarettist, der besonders durch seine humorvollen Gedichte bekannt wurde.

Nur selten verbrachte der in Leipzig als Hans Gustav Bötticher geborene Humorist die Weihnachtszeit zu Hause – denn Weihnachten in der Heimat gab es für Ringelnatz lange Zeit nicht: Er fuhr als Matrose auf Seglern und Dampfschiffen nach Amerika, Afrika, Spanien und Russland. Von seiner Abenteuerlust getrieben, meldete er sich zu Kriegsbeginn 1914 freiwillig zur Marine. In Erzählungen und Briefen wie »An meinen Rekrut« und »Lichter im Schnee« teilt Ringelnatz seine Kriegserfahrungen während der kalten Jahreszeit mit uns. Immer quälte ihn »das Heimweh, jenes Heimweh des Gebirgssohnes, der sich niemals ganz in die Fremde einfindet«. So sehnt sich Ringelnatz nach einem Weihnach-

ten voller Liebe, Glückseligkeit und Frieden, das zum Träumen verleitet – denn wem lässt der erste Schnee, die Vorfreude auf das Fest und Geschenke unter dem Christbaum nicht das Herz höherschlagen? Sei es nun in England, Belgien oder Indien: Ringelnatz konnte sich auf seine Feder verlassen und wusste das Weihnachtsfest auf seine ganz eigene Art mit Worten zu feiern.

Des Jahres Feste

Aber das ist ja überall nahezu das Gleiche. Zum Geburtstag wurde man beschenkt und genoss besondere Nachsicht, besondere Aufmerksamkeiten.

Ostern legte der Osterhase, legten später Eltern, Tanten und Großmama Eier in immer größeren Formaten.

Pfingsten spielte keine sonderliche Rolle, da mein Vater ein Mann in freiem Beruf war.

Der Weihnachtsbescherung gingen besondere intime, überlieferte oder eingeführte Gebräuche, Scherzchen und Sentimentalitäten voraus, und ebensolche familiär geheiligte Bräuche folgten. Es liegt mir fern, mich darüber lustig zu machen. Ich will nur hier auf das in allen Variationen so oft geschilderte Thema nicht weiter eingehen. Weihnachten war auch uns Kindern in jedem Jahr das Fest der Seligkeit, der Herzlichkeit, der Anhänglichkeit, des Reichtums, des Glücks.

Und zu Silvester kriegten wir Pfannkuchen, durften Punsch trinken und um Mitternacht leicht angeheitert am offenen Fenster lauschen. Draußen, drunten läuteten die Glocken, rief man »Prost Neujahr«, knallte Feuerwerk. Auch wir durften einmal mutig, als wär's was, aus dem Fenster brüllen: »Prost Neujahr!«

In Schnee und Eis

Das Laub ist gelb und welk geworden,
Grün blieb nur Fichte noch und Tann.
Huhu! Schon meldet sich im Norden
Der Winter mit dem Weihnachtsmann.

Herbst

Bist du nie durch verschneite Nächte gegangen

Bist du nie durch verschneite Nächte gegangen,
Durch Wald, über Land,
Allein mit dem Stock in deiner Hand?
Du bist es und bist es mit heiligem Bangen.
Wo zitternde Äste, eisig behangen,
Dir eine Kirchenstunde gaben,
Ist dein Lachen gestorben.
Da hast du dein Bestes, unverdorben,
Aus deinen tiefsten Tiefen gegraben. – – –
Auf den weiten Feldern lag schwerer Schnee.
Du schienst dir, verschollen auf hoher See,
Den menschlichen Küsten fern zu sein.
Stille lag über dem Schnee. – –
Du warst allein, allein – ganz allein.
Flimmernde Flämmchen sahst du fliegen.
Hast du nicht viel gedacht?
Ist nicht dein Blick emporgestiegen
In die wunderdurchfunkelte Nacht,
Bis ihn unendliche Weite verwirrt?
Und ein Schatten lief still mit dir um die Wette.
Und der Schatten hat mit der endlosen Kette
Ewiger Fragen geklirrt.
Du hast dich bezwungen.
Du hast vielleicht deinen Stock geschwungen,
Du hast vielleicht ein Liedchen gesungen,
Aber das Liedchen klang nicht wie Hohn
Und du darfst es bekennen:
Du bist voll Angst vor dem grausen Schatten geflohn,
Den wir Wahnsinn nennen.

Flugzeug am Winterhimmel

Ich fliege im Flockengewimmel.
Ach, guter Himmel, lass das doch sein!
Ich Flugriese bin nur klein Vögelein
Gegen dich, schüttender Himmel.

Sag Schneegestöber, ich bäte es sehr,
Ein wenig nachzulassen.
Denn meine Flügel tragen schon schwer
An sechs ganz dicken Insassen.

Die spielen Karten in meinem Leib
Und trinken, weil sie so frieren.
Und wollen nach Zoppot, um Zeitvertreib
Und Örtliches zu studieren.

Und käme ich dort nicht pünktlich hin,
Die würden es niemals verzeihen.
Lieber Himmel, wenn ich gelandet bin,
Dann darfst du gern wieder schneien.

Stille Winterstraße

Es heben sich vernebelt braun
Die Berge aus dem klaren Weiß,
Und aus dem Weiß ragt braun ein Zaun,
Steht eine Stange wie ein Steiß.

Ein Rabe fliegt, so schwarz und scharf,
Wie ihn kein Maler malen darf,
Wenn er's nicht etwa kann.
Ich stapfe einsam durch den Schnee.
Vielleicht steht links im Busch ein Reh
Und denkt: Dort geht ein Mann.

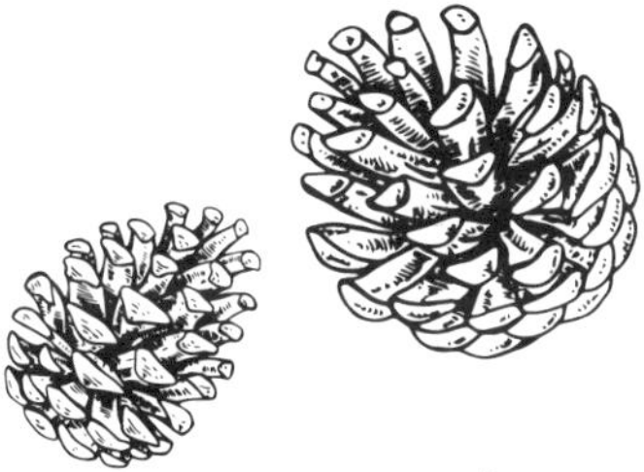

Pinguine

Auch die Pinguine ratschen, tratschen,
Klatschen, patschen, watscheln, latschen,
Tuscheln, kuscheln, tauchen, fauchen
Herdenweise, grüppchenweise
Mit Gevattern,
Pladdern, schnattern
Laut und leise.
Schnabel-Babelbabel-Schnack,
Seriöses, Skandalöses, Hiebe, Stiche.

Oben: Chemisette mit Frack.
Unten: lange, enge, hinderliche
Röcke. – Edelleute, Bürger, Pack,
Alte Weiber, Professoren.

Riesenvolk, in Schnee und Eis geboren.
Sie begrüßen herdenweise
Ersten Menschen, der sich leise
Ihnen naht. Weil sie sehr neugierig sind.
Und der erstgesehene Mensch ist neu.
Und Erfahrungslosigkeit starrt wie ein kleinstes Kind
Gierig staunend aus, jedoch nicht scheu.

Riesenvolk, in Schnee und Eis geboren,
Lebend in verschwiegener Bucht
In noch menschenfernem Lande.
Arktis-Expedition. – Revolverschuss –:
Und das Riesenvolk, die ganze Bande
Ergreift die Flucht.

Draußen schneit's

Wir hatten ein Schaukelpferd vorher gekauft.
Aber nachher kam gar kein Kind.
Darum hatten wir damals das Pferd dann Bubi getauft. –

Weil nun die Holzpreise so unerschwinglich sind;
Und ich nun doch schon seit Donnerstag
Nicht mehr angestellt bin, weil ich nicht mehr mag;
Haben wir's eingeteilt. Und zwar:
Die Schaukel selbst für November,
Kopf und Beine Dezember,
Rumpf mit Sattel für Januar.

Ich gehe nie wieder in die Fabrik.
Ich habe das Regelmäßige dick.
Da geht das Künstlerische darüber abhanden.
Wenn die auch jede Woche bezahlen,
Aber nur immer Girlanden und wieder Girlanden
Auf Spucknäpfe malen,
Die sich die Leute doch nie begucken,
Im Gegenteil noch darauf spucken, – –
Das bringt ja ein Pferd auf den Hund.

Als freier Künstler kann ich bis mittags liegen
Bleiben. – Na und die Frau ist gesund.

Es wird sich schon was finden, um Geld beizukriegen.
Anna und ich haben vorläufig nun
Erst mal genug mit dem Bubi zu tun.
Rumpf zersägen, Beine rausdrehn,

Nägel rausreißen, Fell abschälen.
Darüber können Wochen vergehn.
Das will auch gelernt und verstanden sein,
Sonst kann man sich daran zu Tode quälen.
Solches Holz ist härter als Stein.
Dann spalten und Späne zum Anzünden schneiden
Und tausenderlei.
Aber das tut uns gut, uns beiden,
Sich mal so körperlich auszuschwitzen.

Außerdem kann man ja dabei
Ganz bequem auf dem Sofa sitzen;
Raucht seine Pfeife, trinkt seinen Tee,
Und vor allem: Man ist eben frei!
Man hat sein eigenes Atelier.
Man hat seinen eigenen Herd;
Da wird ein Feuerchen angemacht –
Mit Bubipferd –,
Dass die Esse kracht.
Und die Anna singt, und die Anna lacht.
Da können wir nach Belieben
Die Arbeit auf später verschieben.

Denn wenn man das Gas uns sperren lässt
Oder kein Bier ohne Bargeld mehr gibt,
Dann kriechen wir gleich nach Mittag ins Nest
Und schlafen, solange es uns beliebt.

Freilich: Der feste Lohn fällt nun fort,
Aber die Freiheit ist auch was wert.
Und das mit dem Schaukelpferd
Ist jetzt unser Wintersport.

Ruf zum Sport

Auf, ihr steifen und verdorrten
Leute aus Büros,
Reißt euch mal zum Wintersporten
Von den Öfen los.

Bleiches Volk an Wirtshaustischen,
Stellt die Gläser fort.
Widme dich dem freien, frischen,
Frohen Wintersport.

Denn er führt ins lodenfreie
Gletscherfexlertum
Und bedeckt uns nach der Reihe
All mit Schnee und Ruhm.

Doch nicht nur der Sport im Winter,
Jeder Sport ist plus,
Und mit etwas Geist dahinter
Wird er zum Genuss.

Sport macht Schwache selbstbewusster,
Dicke dünn, und macht
Dünne hinterher robuster,
Gleichsam über Nacht.

Sport stärkt Arme, Rumpf und Beine,
Kürzt die öde Zeit,
Und er schützt uns durch Vereine
Vor der Einsamkeit.

Nimmt den Lungen die verbrauchte
Luft, gibt Appetit;
Was uns wieder ins verrauchte
Treue Wirtshaus zieht.

Wo man dann die sporttrainierten
Muskeln trotzig hebt
Und fortan in Illustrierten
Blättern weiterlebt.

Eis-Hockey

Wenn die Hockeyhölzer hackeln,
Wenn die Schlittschuhschnörkel schnackeln
Und die Gummischeibe schnellt
Mir ans Kinn anstatt zum Ziele,
Dann empfinde ich die Spiele
Einer sportlich reifen Welt.
Mehrmals, wie in früheren Wintern,
Setzen zwei sich auf den Hintern,
Was an sich mir sehr gefällt.

Doch ich habe einen Schnupfen
Und kein Taschentuch zum Tupfen.
Auch zerbrach mir mein Monokel.
Und der Kampf bleibt unentschieden.
Also geh ich unzufrieden
Heim. Und hab von dem Gehockel
Nur den fraglichen Gewinn:
Eine Beule links am Kinn.

Hinter mir klingt etwas froh
Etwa so:
»Dem Verband Zentralafrikanischer Eishockeyspieler
drei Hurras!«
Hurra! Hurra! Hurra!

Fahrt zum Treffpunkt Bielefeld

Welt, bist du abgedroschen schön!
Ich möchte in Fanfaren stoßen.
Es platzen meine Hosen,
Doch es gibt nur eine kleine Tön.

Wie ich das jetzt so um mich seh,
Ist alles weiß wie frischer Schnee,
Und ich gondle dazwischen
Und darf nach Belieben fischen.

Das ist der rechte Augenblick,
Sich froh zu überlegen:
Armut macht dünn. Reichtum macht dick.

Die Welt ist schön! Zickzack, Zackzick!
Ich fühle mich verwegen.

Schnee

Zwischen den Bahngeleisen
Vertränt sich morgenroter Schnee. – –
Artisten müssen reisen
Ins Gebirge und an die See,
Nach Leipzig – und immer wieder fort, fort.
Nicht aus Vergnügen und nicht zum Sport.
Manchmal tut's weh.

Der ich zu Hause bei meiner Frau
So gern noch wochenlang bliebe;
Mir schreibt eine schöne Dame:
»Komm zu uns nach Oberammergau.
Bei uns ist Christus und Liebe,
Und unser Schnee leuchtet himmelblau.« –
Aber Plakate und Zeitungsreklame
Befehlen mich leider nicht dort-,
Sondern anderwohin. Fort, fort.

Der Schnee ist schwarz und traurig
In der Stadt.
Wer da keine Unterkunft hat,
den bedaure ich.

Der Schnee ist weiß, wo nicht Menschen sind.
Der Schnee ist weiß für jedes Kind.
Und im Frühling, wenn die Schneeglöckchen blühn,
Wird der Schnee wieder grün.

Beschnuppert im grauen Schnee ein Wauwau
Das Gelbe,
Reißt eine strenge Leine ihn fort. –
Mit mir in Oberhimmelblau
Wär's ungefähr dasselbe.

Das dunkle Bild

Ein Bild geschwärzt durch Rauch und Zeit.
Die meisten wohl verstanden es nicht:
Ein Tannenwald vereist und verschneit.
Aus fernem Dunkel schimmert ein Licht.

Mir kommt ein heiß Verlangen
Dem Lichtschein nachzugehen
Um dann mit erglühenden Wangen
Still durchs Fenster zu sehen.

Ein Freundeskreis zu später Stund
Umglüht von dämmerndem Ampelschein
Und blonde Frauen in diesem Bund.
Lachende Jugend bei goldenem Wein.

Und bärtige Männer geigen
Lieder aus fremden Ländern.
Süß lockt aus buntem Reigen
Das Rauschen von Gewändern.

Taufrische Blüten duften mild
Und sprühen in Farben wie Geschmeid
Und Augen erzählen trunken wild
Von Liebe, Treue und tiefem Leid.

In Farb und Klang verweben
Sich Bilder, zerfließen, zerschäumen,
Bilder aus meinem Leben,
Bilder aus meinen Träumen.

Der Zauber der Vorweihnachtszeit

Wie ich mich auf dich freue!
Nur noch fünf Tage weit!
Wird!
Was ich auch scheue,
Niemals die Zeit.

Frankfurt am Main, September 1923

Vorfreude auf Weihnachten

Ein Kind – von einem Schiefertafel-Schwämmchen
Umhüpft – rennt froh durch mein Gemüt.

Bald ist es Weihnacht! – Wenn der Christbaum blüht,
Dann blüht er Flämmchen.
Und Flämmchen heizen. Und die Wärme stimmt
Uns mild. – Es werden Lieder, Düfte fächeln. –
Wer nicht mehr Flämmchen hat, wem nur noch
Fünkchen glimmt,
Wird dann doch gütig lächeln.

Wenn wir im Traume eines ewigen Traumes
Alle unfeindlich sind – einmal im Jahr! –
Uns alle Kinder fühlen eines Baumes.

Wie es sein soll, wie's allen einmal war.

Der Weihnachtsbaum

Es ist eine Kälte, dass Gott erbarm!
Klagte die alte Linde,
Bog sich knarrend im Winde
Und klopfte leise mit knorrigem Arm
Im Flockentreiben
An die Fensterscheiben.
Es ist eine Kälte! Dass Gott erbarm!
Drinnen im Zimmer war's warm.
Da tanzte der Feuerschein so nett
Auf dem weißen Kachelofen Ballett.
Zwei Bratäpfel in der Röhre belauschten,
Wie die glühenden Kohlen
Behaglich verstohlen
Kobold- und Geistergeschichten tauschten.
Dicht am Fenster im kleinen Raum
Da stand, behangen mit süßem Konfekt,
Vergoldeten Nüssen und mit Lichtern besteckt,
Der Weihnachtsbaum.
Und sie brannten alle, die vielen Lichter,
Aber noch heller strahlten am Tisch
(Es lässt sich wohl denken
Bei den vielen Geschenken)
Drei blühende, glühende Kindergesichter. –
Das war ein Geflimmer
Im Kerzenschimmer!
Es lag ein so lieblicher Duft in der Luft
Nach Nadelwald, Äpfeln und heißem Wachs.
Tatti, der dicke Dachs,
Schlief auf dem Sofa und stöhnte behaglich.

Er träumte lebhaft, wovon, war fraglich,
Aber ganz sicher war es indessen,
Er hatte sich schon (die Uhr war erst zehn)
Doch man musste 's gestehn,
Es war ja zu sehn,
Er hatte sich furchtbar überfressen. –
Im Schaukelstuhl lehnte der Herzenspapa
Auf dem nagelneuen Kissen und sah
Über ein Buch hinweg auf die liebe Mama,
Auf die Kinderfreude und auf den Baum.
Schade, nur schade,
Er bemerkte es kaum,
Wie schnurgerade
Die Bleisoldaten auf dem Baukasten standen
Und wie schnell die Pfefferkuchen verschwanden.
– Und die liebste Mama? – Sie saß am Klavier.
Es war so schön, was sie spielte und sang,
Ein Weihnachtslied, das zu Herzen drang.
Lautlos horchten die andern Vier.
Der Kuckuck trat vor aus der Schwarzwälderuhr,
Als ob auch ihm die Weise gefiel. – –
Leise, ergreifend verhallte das Spiel.
Das Eis an den Fensterscheiben taute
Und der Tannenbaum schaute
Durchs Fenster die Linde
Da draußen, kahl und beschneit
Mit ihrer geborstenen Rinde.
Da dachte er an verflossene Zeit
Und an eine andere Linde,
Die am Waldesrand einst neben ihm stand,
Sie hatten in guten und schlechten Tagen

Einander immer so lieb gehabt.
Dann wurde die Tanne abgeschlagen,
Zusammengebunden und fortgetragen.
Die Linde, die Freundin, die ließ man stehn.
Auf Wiedersehn! Auf Wiedersehn!
So hatte sie damals gewinkt noch zuletzt. –
Ja daran dachte der Weihnachtsbaum jetzt
Und keiner sah es, wie traurig dann
Ein Tröpfchen Harz, eine stille Träne,
Aus seinem Stamme zu Boden rann.

Das Fest der Seligkeit

Die Engel im Himmel singen mit Macht
Das Festlied: Stille Nacht, heilige Nacht.

Am Weihnachtsabend

Weihnachten

Liebeläutend zieht durch Kerzenhelle,
Mild, wie Wälderduft, die Weihnachtszeit,
Und ein schlichtes Glück streut auf die Schwelle
Schöne Blumen der Vergangenheit.

Hand schmiegt sich an Hand im engen Kreise
Und das alte Lied von Gott und Christ
Bebt durch Seelen und verkündet leise,
Dass die kleinste Welt die größte ist.

Am Weihnachtsabend

Ein armer Junge jammert im Bette:
»Ach, wenn ich doch auch einen Weihnachtsbaum hätte!!«
Kaum hatte er diese Worte gesprochen,
kommt mancherlei aus dem Ofen gekrochen:

Ein Schaukelpferd, Wagen und Bleisoldaten,
Eine Trommel, ein Buch, ein Kaufmannsladen,
Ein Eisenbahnzug und ein Reifenspiel,
Ein Luftschiff, ein Fahrrad, ein Automobil
Und Äpfel und Nüsse und Zuckerschaum
Und ganz zuletzt noch ein Weihnachtsbaum.
Die Engel im Himmel singen mit Macht
Das Festlied: Stille Nacht, heilige Nacht.

Einsiedlers heiliger Abend

Ich hab in den Weihnachtstagen –
Ich weiß auch, warum –
Mir selbst einen Christbaum geschlagen,
Der ist ganz verkrüppelt und krumm.

Ich bohrte ein Loch in die Diele
Und steckte ihn da hinein
Und stellte rings um ihn viele
Flaschen Burgunderwein.

Und zierte, um Baumschmuck und Lichter
Zu sparen, ihn abends noch spät
Mit Löffeln, Gabeln und Trichter
Und anderem blanken Gerät.

Ich kochte zur heiligen Stunde
Mir Erbsensuppe mit Speck
Und gab meinem fröhlichen Hunde
Gulasch und litt seinen Dreck.

Und sang aus burgundernder Kehle
Das Pfannenflickerlied.
Und pries mit bewundernder Seele
Alles das, was ich mied.

Es glimmte petroleumbetrunken
Später der Lampendocht.
Ich saß in Gedanken versunken.
Da hat's an der Türe gepocht,

Und pochte wieder und wieder.
Es konnte das Christkind sein.
Und klang's nicht wie Weihnachtslieder?
Ich aber rief nicht: »Herein!«

Ich zog mich aus und ging leise
Zu Bett, ohne Angst, ohne Spott,
Und dankte auf krumme Weise
Lallend dem lieben Gott.

Kostbare Gaben

ALLES, was ich in schlichten Feierstunden
Mit den wenigen, treuen Freunden empfunden,
Was sie von Herzen mir zum Herzen gaben,
Habe ich tief in meiner Seele begraben. – –

Kunst, Gedichte 1910

Schenken

Schenke groß oder klein,
Aber immer gediegen.
Wenn die Bedachten
Die Gabe wiegen,
Sei dein Gewissen rein.

Schenke herzlich und frei.
Schenke dabei,
Was in dir wohnt
An Meinung, Geschmack und Humor,
So dass die eigene Freude zuvor
Dich reichlich belohnt.

Schenke mit Geist ohne List.
Sei eingedenk,
Dass dein Geschenk
Du selber bist.

Zu einem Geschenk

Ich wollte dir was dedizieren,
Nein schenken; was nicht zu viel kostet.
Aber was aus Blech ist, rostet,
Und die Messinggegenstände oxydieren.
Und was kosten soll es eben doch.
Denn aus Mühe mach ich extra noch
Was hinzu, auch kleine Witze.
Wär bei dem, was ich besitze,
Etwas Altertümliches dabei – –
Doch was nützt dir eine Lanzenspitze!
An dem Bierkrug sind die beiden
Löwenköpfe schon entzwei.
Und den Buddha mag ich selber leiden.
Und du sammelst keine Schmetterlinge,
Die mein Freund aus China mitgebracht.
Nein – das Sofa und so große Dinge
Kommen überhaupt nicht in Betracht.
Außerdem gehören sie nicht mir.
Ach, ich hab die ganze letzte Nacht,
Rumgegrübelt, was ich dir
Geben könnte. Schlief deshalb nur eine,
Allerhöchstens zwei von sieben Stunden,
Und zum Schluss hab ich doch nur dies kleine,
Lumpige, beschissne Ding gefunden.
Aber gern hab ich für dich gewacht.
Was ich nicht vermochte, tu du's: Drücke du
Nun ein Auge zu.
Und bedenke,
Dass ich dir fünf Stunden Wache schenke.
Lass mich auch in Zukunft nicht in Ruh.

Ich ward beschenkt für ein Gedicht

Unbekannt hat mir zugesandt:
Ein blondes Löckchen,
Eines früh verstorbenen Kindes Löckchen;
Leicht wie ein Schneeflöckchen,
Rührend wie ein Lämmerglöckchen
Aus Spielzeugsland.

»Dank einer Mutter«, stand
Als Unterschrift geschrieben.

Wenn wieder Weihnachten wird sein,
Hängen an unsrem Baum nicht zwei
Kinderlöckchen, nein diesmal drei.
Eins davon von einem Engelein.

Weihnacht in weiter Ferne

Nun sieh mal an! Ei ei!
Am Himmel stehn drei Sterne;
Vor Kurzem standen da nur zwei.
Nun wüsst ich gar zu gerne
Was Näheres über die Ferne,
Denn etwas stimmt mir nicht dabei.

Redefusseln meiner Tante

Heimweh?

Von 1914 bis 1919 verfasste Ringelnatz während seiner Zeit als Mariner ein Skizzenbuch. Er schrieb über das Leben und den Charakter der Seefahrer, über Matrosenlieder, Sentimentalität und Gutmütigkeit. Heimweh, das ist ein treuer Begleiter eines jeden Matrosen, doch mit den Jahren wandelt sich dieses zu einem starken Fernweh – denn Seefahrer wollen immer weiterziehen. Fernweh bedeutet für Ringelnatz jedoch nicht, die Liebe zur Heimat zu verlieren. Besonders zur Weihnachtszeit dachte er an die Heimat und sehnte sich nach einem Weihnachtsbaum, einem Weihnachtsessen und einem ruhigen, besinnlichen Fest.

Das Heimweh, jenes Heimweh des Gebirgssohnes, der sich niemals ganz in die Fremde einfindet, ist ihnen oder wird ihnen fremd. Ja, es bildet sich bei ihnen mit der Zeit etwas beinahe Gegenteiliges heraus. Ein Fernweh. Sie müssen immer wieder weit weg und woanders sein und sind es gern. Ohne dass sie darüber die Liebe zur Heimat verlieren.

Wie froh schlägt den Deutschen das Herz, wenn sie nach langer Abwesenheit Elbe aufwärts fahren und die Hamburger Michaelskirche in Sicht kommt. Oder wie gespannt erwarten sie in Yokohama – und wie oft lesen sie – einen Brief aus der Heimat. Was bedeutet für den Memelsmann ein Weihnachtspaket von Muttern, das er in Tropenhitze öffnet!

Ich besinne mich auf ein Weihnachten, da ich in solcher Tropenhitze mit einem Dampfer auf der Reede von Maranhao lag. Wir durften nicht an Land, weil die Pest dort herrschte.

Wir hatten den Tag über und bis spät in die Heilige Nacht hinein schwer zu arbeiten, um einen bedenklichen Schaden auszubessern. Hinterher öffneten wir das Weihnachtsgeschenk unserer Reederei: pro Mann eine Flasche Bier. Das Bier war durch die Hitze verdorben. Aber dann hatte einer von uns in eine Holzspiere zwei Löcher gebohrt und in die Löcher zwei Handfeger gesteckt, die Borsten nach unten, so dass das Ganze aussah, wenigstens für uns aussah, wie ein Weihnachtsbaum. Und wir sangen ein Weihnachtslied und hatten Hunger und insgeheim etwas Sehnsucht.

Und hätte damals eine Fee einem von uns nur eine unbelegte und unbeschmierte Scheibe richtigen frischen Brotes geschenkt, der Empfänger wäre hochbeglückt gewesen. Und wir anderen mit ihm. Denn er hätte es unter uns fünfzehn (oder wie viel wir auch sein mochten) geteilt.

Lichter im Schnee

Zu Beginn war Ringelnatz überaus kriegsbegeistert, denn wenn er vom Krieg träumte, so dachte er an Abenteuerlust und Heldentod. In »Lichter im Schnee«, eine traurige Erzählung aus dem Jahr 1915, befindet sich Ringelnatz (Bootsmaat Olyphant, Mariner) unmittelbar hinter der Kampflinie auf unbekanntem Terrain. Was er und seine Kameraden entdecken, sind Spuren des russischen Rückzugs, doch dieser scheint nicht endgültig zu sein … Wie die Lichter im Schnee, so wusste auch Ringelnatz fernab der Heimat und mitten in den grauen und dunklen Tagen des Krieges Humor und Kameradschaft aufleuchten zu lassen.

»Spuren des russischen Rückzugs«, sagte Keltermann und stieß einen morschen Sattel wie einen Fußball vom Boden empor.

Unauffällig in ihrem Feldgrau zogen die acht dahin. Der Boden, bald Moos, bald Heide oder Nadelwaldgrund und wieder Sumpfwiese, bog sich teppichweich und leise. Nur das ausgedörrte, rostbraune Gezweig, das, durch die Axt oder durch Geschosse vom Stamm geschlagen, allenthalben umherlag, knisterte und knackte unter den benagelten Stiefeln, und wo die Sonne die Karabiner traf, blitzte stechend der Stahl auf.

»Sechzehn Kilometer vor den äußersten Stellungen.«

Die kleinen, jämmerlich abgemagerten Russengäule vor einer passierenden Gulaschkanone wurden belacht; nur Leibgeris sprach ernst mit seiner Grabesstimme eine neue Kriegsbeobachtung aus, auf die ihn das Quietschen der Räder brachte: »Auch an Schmiere mangelt's.«

Sie blickten die vereinzelten Infanteristen, Jäger oder Artilleristen, die ihnen begegneten, unternehmungsstolz und ebenso wissensdurstig an, wie sie selber als Mariner in dieser Gegend betrachtet wurden. Aber jedes Mal glitten, wenn solch ein Tschaßki auftauchte, die Karabiner von den Schultern. Denn ob diese acht Männer sich auch auf deutschem – deutsch besetztem Gebiet befanden, so deuchte ihnen doch Vorsicht geboten. Märsche durch unbekanntes Terrain unmittelbar hinter der Kampflinie waren ihnen etwas Neuartiges.

Das Neuartige speiste ihre Phantasie, ihr verwegenes Wohlbehagen und ihre Furcht, obwohl das keiner dem anderen eingestand; äußerlich, in Sprache und Miene, wahrten sie eine gewisse eingeführte Verkehrsform, die schlapp und unehrlich war.

Als zwei Reiter sich näherten, wie sich ergab: ein Major mit seinem Burschen, lief ihnen Bootsmaat Olyphant entgegen und meldete stramm dem Offizier:

»Zwei Unteroffiziere und sechs Mann vom Sonderkommando 213 der zwoten Matrosendivision auf dem Wege nach Goflaz.«

»Marine hier? Was wollt ihr denn in Goflaz?«

»Quartiere suchen.«

»Und was hat Ihr Kommando vor?«

»Darüber darf ich nicht reden, Herr Major.«

Der Offizier machte eine unwillige Geste, fand indessen die Antwort korrekt und trabte dankend weiter.

Abermals ließen sich Kanonenschläge von weit her vernehmen, dann minutenlang ein Geräusch, wie es ähnlich ein Spaziergänger erzeugt, der seinen Stecken an einem Gartenzaun streifen lässt.

»Das sin russ'sche Maschinengewähre, unsre deitschen dack'n viel schneller.«

»Ach, Schnack! Du hast gar keinen Savi von solchen Sachen.«

»Villeichd mehr als du, griener Regrud. Du bisd ja noch nich mal droggen hinder de Ohren.«

»Leicht möglich, weil ich mich öfters wasche, während gewisse andere Leute seit – – –«

»Was du so waschen nennst: in de Lufd geschbuggd und drunder weggesausd –«

Die Kameraden nahmen durch Gelächter oder hämische Glossen Partei. Inzwischen war auch unter den beiden vorausschreitenden Unteroffizieren Hader ausgebrochen. Obermaat Glomsda behauptete, ihm, als dem Dienstälteren, hätte die Meldung an den Major zugestanden. Berthold Olyphant hingegen berief sich darauf, dass er aktiv sei und dass der Kapitän ihn als Transportführer bestimmt, solches auch nicht widerrufen habe, als noch im letzten Augenblick der Obermaat zu der Gruppe hinzukam. Der unerquickliche Streit grub allerlei kleinlichste Nebensachen und Vorwürfe aus.

Ein breites Rauschen schlich sich in die Ohren ein. »Die See«, sagte Glomsda, »wir wollen dem Strande folgen, es ist der sicherste und der hellere Weg.«

In der Tat beugte sich Olyphant doch meist der größeren Erfahrung und der nüchternen Entschlussfertigkeit des Obermaaten.

Das Gelände ward zunehmend sandiger und damit anstrengender. Wagenräder und abscheulich unsaubere Kleidungsstücke lagen am Wege – auch ein abgenutzter Kinderschuh und (der Tsingtauschorsch griff es auf, alle bestaunten das an sich unscheinbare, ausgezackte Eisenstück) ein Granatsplitter. »Wer das in de Fresse grichd, der gann sich nachher de Visasche mid d'r Debbichsauchmaschine zusammsuchen.«

Ein Pionier schloss sich ihnen an, der einen Postsack nach einem Unterstand bringen sollte. Sie fragten ihn aus, heiß neugierig, und er gab wichtig Auskunft, mit Erfundenem flickend, wenn seine Kenntnisse aussetzten. »Noch sechs Kilometer bis Goflaz ... dort liegen Dragoner, Artillerie ... fünfzehn Zentimeter und zwanzigeinhalb ... jeden Abend funken die Russen, aber an ein Vorwärtskommen durch den Sumpf ist vorläufig beiderseits nicht zu denken ... Spione erschossen ... Nein, diese Post ist für Pioniere ...«

»Ein Sack voll Speck und Tränen aus aller Welt«, bemerkte Olyphant, nur um als Teilnehmer an der Unterhaltung zu gelten.

»Bekomm ju regelmäßig Post?« ... »... Urlaub ... Entlausung ...«

»Seid ihr alle geimpft?« ... »Wie schdehd's denn mid der Verflägung? Mer gann sich hier wohl geene Schwielen in'n Bauch fressen?«

Bald wussten sie alles oder stellten doch, von Neuigkeiten gesättigt, das Fragen ein.

Schier unerträglich drückte der Ranzen, das Koppelzeug mit Spaten und Patronen.

Da tat sich eine überraschende, weite Helle auf. Vor der tiefstehenden Sonne blendeten und glitzerten die Dünen, deren Flächen vom Wind in starre Wellchen gemustert, streckenweise von Fußspuren sowie verstreutem, vielartigem Gerät und Abfall gestört waren. Auf einem Hügelkamme stand vor feurig ausgestrichenem Gewölk eine anmutige Silhouette. Zwei Lanzenreiter – »Dragonerpatrouille« – neben einer abnormen Kiefer.

Müde stapften die Maate und Matrosen hügelan, hügelab, bis das Meer, ihr Meer sie mit wildem Spiel aufweckte. Weiße Schaumungeheuer fauchten über das dunkle Gewoge, glitten ein Stück von rechts nach links und versanken jäh, und immer neue kamen und schwanden.

»Die Landzunge ist noch von den Russen besetzt.«

Immer noch donnerten die Kanonen.

»Setzt die Karabiner – zusammen!« Die Tornister fielen herab, überschlugen sich. Es war ein süßes Atmen ohne diese Bürde. Es war eine Wonne, sich nun auf unbemessenem, sauberem Boden lang zu strecken.

Waschkuhn durchkämmte mit gespreizten Fingern den Rieselsand. »Kik mol, du Krät, dat es enn Collerabakzille; ek glow, dat hebbe de krätsche Russe akratz för uns hengeschmäte.«

Der Mann mit dem gelben Bande der Rettungsmedaille ereiferte sich: »Blödsinn! Eine Bazille ist so lütt, dass man sie ohne Brille überhaupt nicht sehen kann.«

»Soll das wahr sin, dass das Ubood im Schussfeld unserer Badderien liechd?«

»Selbstverständlich, sonst würden es doch die Russen sich zurückholen.« Der Tsingtauschorsch schleuderte einen halben Pferdeschädel nach dem Sachsen. Daraus entstand neuer Zwist. Auch die Unteroffiziere bissen sich noch eine Weile. Dann war wieder Waschkuhns Stimme oben: »Mensch, mog di man nich so breet!«

»Was willst du denn immer von mir, du schwammiges Aas?«

»Ik war di oldbaksche Gesell glik eent ver'n Frät gewe, schon von wegen dat mit de Collerabakzillen –«

»Na, willst du mir vielleicht was über Bazillen weismachen? Wo ich acht Monate lang auf Lübeck Sanitätsgast – – –.« Der Disput ward allgemein.

Glomsda entschied: »Ein Cholerabazillus ist nur durchs Mikroskop erkennbar.«

»Aber Herr Obermaat! Wo ich doch neun Monate lang Sanitätsgast war, wo wir jeden Morgen die Gonokokken und Bazillen haufenweise mit dem Haarbesen wegfegen mussten – – –«

»Ein Bolera – – – ein Cholerabaktizillus ist ein Wurm!«

»Jawohl! So eine Art Tausendfuß.«

»Sag doch lieber gleich ein Singvogel.«

»Ruhig mal, ich will's euch genau erklären. Ein Bazill ist kein richtiges Vieh und auch keine richtige Blume – – –« …

»Quatsch nicht, Rindvieh!« … »Au! Du ver …«

»Pst! Ruhe! Keine Bolzereien hier.«

Keltermann begann: »Das ist doch eigentlich sonderbar, dass wir nun plötzlich in Russland sind, so ganz weit weg von Zuhaus.«

»Ja Ja!«, fiel Olyphant lebhaft und herzlich ein; er hatte zuvor lange schweigsam eine Hummel mit einem rostigen Hufeisen schikaniert. »Dass wir einst mit fremdländischen Mädchen tanzten und nun schon zwei Jahre Krieg erleben, leben, dass Dichter und Maler töten, und heute Bilder und Verse nicht viel mehr als wie Spielzeug gelten; dass gerade ich hier bin, – – – wie sehr sonderbar!«

»Jawohl, Bootsmaat«, mengte Leibgeris bei, »und dass das Russenschiff hier auf den Schlick gelaufen ist und wir das heimlich nachts wieder flott machen sollen …«

Berthold winkte ab, als wollte er sagen: du verstehst mich nicht recht, und fuhr fort: »Dies Land, wo wir sind, ist schön und ergreifend wie ein trauriges Kindermärchen. Und wir zanken hier und hassen einander, als könnte nicht morgen, heute noch der eine oder andere von uns hops gehen –«

In Glomsdas Gehirn setzte sich auf einmal der Gedanke fest, Bootsmaat Olyphant würde nicht lebend heimkehren. Deshalb fragte er versöhnlichen Tones: »Sie kennen doch die Gegend von Friedenszeiten her?«

»Ja, ich verlebte zwei Jahre in der Nähe von Goflaz.«

»Liebet eure Feinde!«, zitierte Keltermann auf das Frühergesagte bezüglich.

»Lieben? De Russen? De Grädze winsche ich den Ludern und Blutblasen an de Finger, damid se sich nich gradzen genn.«

»Ich liebe zwei Feinde«, sagte Olyphant betonend, »Mussrussen – Russinnen.« Es hörte sich an, als ob er mit eins in eine glückliche Stimmung versetzt wäre. »Heute ist der 11. Dezember 1910. (Alle sahen den Bootsmaaten verblüfft an.) Hier auf den Dünen am Strand liegt Schnee, hoher Schnee. Ich bin ich. Sie, Glomsda, sind Wanjka, und du, Leibgeris, bist Fanjka. Wir drei treue Freunde, wir drei freie, arme, junge Künstler lagern hier im Schnee beisammen, wie Geschwister. Du, Wanjka, ziehst drei Lichter hervor, entzündest sie und steckst sie in den Schnee. Und du sagst: ›So, Berthold, nun lass uns feiern, heute ist bei euch Weihnachten –‹«

»Ho!« »Da bollern sie jetzt auch.«

Alle starrten nach der Landzunge. Dort, fast an der äußersten Spitze, zerging ein weißes Wölkchen und erschien gleich darauf ein zweites, rundes Wölkchen.

Niemand wusste zu Olyphants Worten etwas zu äußern.

Der Mann mit dem gelben Bande seufzte: »Jetzt ein gebratenes Filetstück mit Knochenmark und Zwiebeln …«

»Und mit drei fetten Cholerabazillen darauf«, stichelte der Tsingtauschorsch.

»Lichter im Schnee«, murmelte Berthold. Ein sausendes, schneidendes Heulen unterbrach ihn.

»Krietzschlag! Nu ward et Tid, dat wie ons vertörn.«

»An die Karabiner!«

»De Golera – – –« Da brach ein fürchterlicher Schreck ein. –

»Himmlischer Vater, was war das?«, fragte jemand leise, entsetzt. Dann sprachen alle gleichzeitig los. Doch nicht alle; drei von den acht sprachen nicht mehr, nie mehr.

Weihnacht zur See

Weihnacht war es auf tosender See.
Haushohe Wellen an Luv und an Lee.
Am Ruder stand Jürgens Claus;
Sah bald auf den Kompass und bald voraus.
Die eisernen Speichen lenkte er fest
Und führte verwegen
Durch Sturm und Regen
Das ächzende Schiff nach West-Nord-West.
Wuchtige Seen mit schäumender Gischt
Fegten das Deck,
Doch er wich nicht vom Fleck,
Er rührte sich nicht,
Ob auch vom Südwester übers Gesicht,
Ob von der Stirn in den struppigen Bart
Das salzige, eisige Wasser ihm rann. –
So etwas bleibt keinem Seemann erspart.
Jürgens Claus stand seinen Mann. – –
West-Nord-West lag an.
Und er sah auf den Kompass vom Wetter umtost,
Wehrte behände dem tückischen Schwanken
Der kleinen Nadel. Doch in Gedanken
Flog er gen Ost-Süd-Ost;
Flog in ein fernes Fischerhaus.
Dort war er daheim, Jürgens Claus.
Es war ein armer,
Doch traulich warmer
Und freundlicher Raum.
Die Kuckucksuhr war eben verklungen.
Still malte der Feuerschein an den Wänden.

Im Lehnstuhl unter dem Weihnachtsbaum
Saß Mutter und hielt wie im Traum
In ihren alten, zitternden Händen
Den letzten Brief von ihrem Jungen. –
Er wusste, er war ja ihr einziges Glück. – –

»Was ist der Kurs?«, erklang es von oben.
»Recht West-Nord-West!«, gab Claus zurück.
Die eisernen Speichen lenkte er fest
Und führte voll Kraft und kühnem Mut
Das ächzende Schiff gen West-Nord-West.
Claus Jürgens stand seinen Mann.
War es wohl salzige Meeresflut,
Was heiß ihm über die Wangen rann?

Die Weihnachtsfeier des Seemanns Kuttel Daddeldu

Der Name des Seemanns Kuttel Daddeldu bedeutet so viel wie ›Feierabend‹ oder ›Nachtruhe‹ und erinnert an den englischen Ausdruck: »That'll do!« für »Nu' is' aber ma' Schluss!« 1920 feierte der Seemann Daddeldu sein Debüt in dem Gedichtband »Kuttel Daddeldu oder Das schlüpfrige Leid«. Auf der Kabarettbühne schlüpfte Ringelnatz immer wieder in die Rolle seiner Kunstfigur und erzählte in schwarzhumorigen Balladen von wilden Seefahrten, Hafenkneipen und aufregenden Landgängen.

Die Springburn hatte festgemacht
Am Petersenkai.
Kuttel Daddeldu jumpte an Land,
Durch den Freihafen und die stille heilige Nacht
Und an dem Zollwächter vorbei.
Er schwenkte einen Bananensack in der Hand.
Damit wollte er dem Zollmann den Schädel spalten.
Wenn er es wagte, ihn anzuhalten.
Da flohen die zwei voreinander mit drohenden Reden.
Aber auf einmal trafen sich wieder beide im König
von Schweden.

Daddeldus Braut liebte die Männer vom Meere,
Denn sie stammte aus Bayern.
Und jetzt war sie bei einer Abortfrau in der Lehre,
Und bei ihr wollte Kuttel Daddeldu Weihnachten
feiern.

Im König von Schweden war Kuttel bekannt als Krakeeler.

Deswegen begrüßte der Wirt ihn freundlich:
»Hallo old sailer!«
Daddeldu liebte solch freie, herzhafte Reden,
Deswegen beschenkte er gleich den König von Schweden.
Er schenkte ihm Feigen und sechs Stück Kolibri
Und sagte: »Da nimm, du Affe!«
Daddeldu sagte nie »Sie«.
Er hatte auch Wanzen und eine Masse
Chinesischer Tassen für seine Braut mitgebracht.

Aber nun sangen die Gäste »Stille Nacht, Heilige Nacht«,
Und da schenkte er jedem Gast eine Tasse
Und behielt für die Braut nur noch drei.
Aber als er sich später mal darauf setzte,
Gingen auch diese versehentlich noch entzwei,
Ohne dass sich Daddeldu selber verletzte.

Und ein Mädchen nannte ihn Trunkenbold
Und schrie: Er habe sie an die Beine geneckt.
Aber Daddeldu zahlte alles in englischen Pfund in Gold.
Und das Mädchen steckte ihm Christbaumkonfekt
Still in die Taschen und lächelte hold
Und goss noch Genever zu dem Gilka mit Rum
in den Sekt.
Daddeldu dachte an die wartende Braut.
Aber es hatte nicht sein gesollt,
Denn nun sangen sie wieder so schön und so laut.
Und Daddeldu hatte die Wanzen noch nicht verzollt,
Deshalb zahlte er alles in englischen Pfund in Gold.

Und das war alles wie Traum.
Plötzlich brannte der Weihnachtsbaum.
Plötzlich brannte das Sofa und die Tapete,
Kam eine Marmorplatte geschwirrt,
Rannte der große Spiegel gegen den kleinen Wirt.
Und die See ging hoch und der Wind wehte.

Daddeldu wankte mit einer blutigen Nase
(Nicht mit seiner eigenen) hinaus auf die Straße.
Und eine höhnische Stimme hinter ihm schrie:
»Sie Daddel Sie!«
Und links und rechts schwirrten die Kolibri.

Die Weihnachtskerzen im Pavillon an der Mattentwiete
erloschen.
Die alte Abortfrau begab sich zur Ruh.
Draußen stand Daddeldu
Und suchte für alle Fälle nach einem Groschen.
Da trat aus der Tür seine Braut
Und weinte laut:
Warum er so spät aus Honolulu käme?
Ob er sich gar nicht mehr schäme?
Und klappte die Tür wieder zu.
An der Tür stand: »Für Damen«.

Es dämmerte langsam. Die ersten Kunden kamen,
Und stolperten über den schlafenden Daddeldu.

Weihnachtsgrüße

Happy Christmas, dear old Un!
Will Dir wer was Böses tun,
Drücke kalten Blutes
Beide Augen zu.
Tu dann dafür doppelt Gutes
Deinem Kuttel Daddeldu.

An Unold
In einem Exemplar der Erstausgabe
von »Kuttel Daddeldu«, Weihnachten 1920

Als Mariner im Krieg

»Als Mariner im Krieg« ist ein Auszug aus Ringelnatz' »Kriegstagebuch« aus dem Jahr 1928, in dem er von seinen Erlebnissen bei der Marine erzählt. Seine zu Beginn enthusiastischen Erwartungen verflogen sehr schnell, nachdem Ringelnatz nicht auf hoher See einen Posten bekam, sondern in der Minenabteilung. Nur mit großer Mühe schaffte er es, der Artillerie zugeteilt zu werden, in der es deutlich militärischer und anständiger zuging. Dort sollte Ringelnatz eine infanteristische Ausbildung absolvieren mit der Aussicht, selbst legitimierter R.O.A. (Reserveoffizieranwärter) und anschließend Offizier zu werden. Ringelnatz hatte stets den Traum, an der Front eingesetzt zu werden – und er kam diesem schließlich sehr nah, als Kapitänleutnant Bertelsmann Ringelnatz das Versprechen gab, ihn zu Weihnachten zur Beförderung zum Vizefeuerwerker vorzuschlagen und einen Posten an der Front zu beantragen. Diese Nachricht stimmte Ringelnatz glücklich, auch wenn ihm zugleich weh ums Herz wurde.

Ein rosiger Tag. Ich widmete mich freiwillig den Vorbereitungen für die Weihnachtsfeier in eifrigster, aber nervös konfuser Weise. Ich bestellte meine Uniform. Der Säbel sah aus wie alle Marinesäbel. Der Löwenkopf am Knauf hatte ein grünes und ein rotes Auge. Aber das Elfenbein war Knochen und das Gold war nur leicht vergoldetes Eisen. Dafür kostete er allerdings auch weniger als die Friedenssäbel.

Dass mir der Simplizissimus eine Novelle zurückschickte – »die Zensur würde das keinesfalls passieren lassen« –

bekümmerte mich diesmal nicht sonderlich. Ich war ja in fieberhafter Stimmung. Nachts schlief ich nicht vor vielen aufgeregten Gedanken.

Die Vorbesichtigung fand statt. Ich führte meinen Zug Rekruten vor. Bertelsmann war einigermaßen mit mir zufrieden. Pfohl aber drehte völlig durch und machte beim Melden eine sehr komische Säbelbewegung.

Beim Ausdenken und Aussuchen der Weihnachtsgeschenke musste ich immer mit meinem Rat herhalten. Die R.-O.-A.s hatten auch für die Offiziere kleine lustige Gaben besorgt. Leutnant Geben hatte sich verlobt, und da galt es nun, ihm ein größeres und in jeder Beziehung passendes Geschenk zu überreichen. Mein Hühnerauge peinigte mich sehr. Meine Stimme war total heiser und sollte doch morgen bei der großen entscheidenden Besichtigung weithin über den Kasernenplatz tönen. Und meine Schulden drückten mich ebenso wie das Hühnerauge. Und wenn ich zu Weihnachten Vize würde und auf Urlaub führe, dann musste ich meine Bahnfahrt selber bezahlen.

Die große Besichtigung. Wir exerzierten und kommandierten und marschierten vor dem Korvettenkapitän v. Hippel. Ich musste erst meine Korporalschaft und dann einen ganzen Zug vorführen. Ich schwitzte in der Kälte vor Aufregung und beging mehrere Fehler. Z.B. ließ ich die Leute (markiert) schießen, ohne dass sie den Mündungsschoner abgenommen hatten. Aber im Großen und Ganzen machte ich wohl meine Sache gut. Und der gütige v. Hippel äußerte sogar, ich habe das sehr gut gemacht.

Abends bei der R.-O.-A.-Kneipe verteilten wir unsere Geschenke an die Offiziere. Auch Bertelsmann war zugegen und stichelte anfangs ein wenig gegen mich. Als er aber merkte, dass ich konsequent in korrekter, ernster Reserve blieb, lenkte er freundlich ein.

Am nächsten Nachmittag wurde den Rekruten beschert. Die Offiziere und Unteroffiziere, zum Teil mit ihren Frauen, waren dabei und als höchste Person der herrlich unbeholfene v. Hippel, für den ich restlos schwärmte, der mein ganzes Herz besaß. Gebert hielt eine staunenswert fließende Rede und trug ein von ihm selbst verfasstes, schon vielfach umgearbeitetes Gedicht vor. Dann trat ich, als Weihnachtsmann verkleidet, auf. Ursprünglich hatte ich auf einem Esel in den Saal reiten sollen, aber das Tier war dann weder mit Güte noch mit Gewalt eine Treppe hochzubringen. Ich verteilte Geschenke mit scherzhaften Versen und trug dann das Gedicht vor, das ich mir so schwierig abgerungen hatte.

An meinen Rekrut, Weihnacht 1916

Matrosenartillerist!
Lass dir noch einmal ins Auge schaun.
Und nimm ein grades Wort nicht krumm:
Ich hätte dich, der du so dumm,
So dumm wie eine Gurke bist,
Gar oft von Herzen gern verhaun.
   Und wenn dir manche Träne rann
   Und ich der Tränen lachte,
   Geschah's im Zwang, der dich zum Mann,
   Zum deutschen Manne machte.
Nicht glaube ich, dass du mir grollst,
Ich bog dein Rückgrat und trieb dein Blut.

Nun blick mich an so gradezu,
Wie jedem Freund und Feinde du
Ins Auge ehrlich blicken sollst.
Bedenk: auch ich war einst Rekrut.
  Es kommt der Tag, da du erkennst
  Dies Muss aus rechter Ferne.
  Dein Blick wird leuchten, wenn du nennst
  Die Kiautschoukaserne.

Auch ich hab Schemel gestreckt,
Hab mich mit Griffen und Marsch gequält.
Doch heute dank ich tausendmal
Dem groben, starren Korporal –
– Gott weiß, welch fernes Grab ihn deckt –
Der meine schwache Brust gestählt.
  Nur Männer hart und felsengleich,
  Nicht Weiber und nicht Knaben,
  Will unser giftumkochtes Reich
  An seinen Fronten haben.

Sei, Kerl, ein ganzer Soldat,
Dem Kaiser treu und dem Vaterland.
Wenn Flamme dich und Donner einst
Umtobt, dass du zu bersten meinst,
Dann denke an dein Mützenband.
  Und fielest du, sei's im Hurra.
  Dann soll von einem Helden
  Mit Stolz die 4. M. A. A.[1]
  An deine Heimat melden.

Heut soll dein Weihnachten sein

1 Militärische Stelle des Auswärtigen Amtes

Da uns die Stunde des Scheidens naht.
Lies heute deiner Mutter Brief,
Die um dich bangt. Und fühle tief
Das raue Glück, Soldat zu sein
Im großen Krieg, mein Kamerad.
  Der Spruch, der auf dem Koppel steht,
  Wird rechten Weg uns zeigen.
  Bis wir uns einst zum Dankgebet
  Für Sieg und Frieden neigen.

Der Korvettenkapitän drückte mir die Hand und sagte: »Ihre Beförderung zum Vizefeuerwerker kommt noch heute Abend heraus.«

Der Saal war wirklich schön geschmückt. Links und rechts vom Weihnachtsbaum lagen auf langen Tafeln die Gaben für die Rekruten. Weihnachtslieder wurden gesungen. Ich nahm von meiner Korporalschaft Abschied. Die Leute jubelten mir zu und dankten mir, so jeder auf seine Weise. Und am nächsten Morgen weckten sie mich auf meinen Wunsch mit dem Liede

»Und alle dürren Blätter
Die fallen schwer auf mich –«

und mir war wohl und weh ums Herz.

Ein Liebesbrief

Dezember 1930

Von allen Seiten drängt ein drohend Grau
Uns zu. Die Luft will uns vergehen.
Ich aber kann des Himmels Blau,
Kann alles Trübe sonnvergoldet sehen.
Weil ich dich liebe, dich, du frohe Frau.

Mag sein, dass alles Böse sich
Vereinigt hat, uns breitzutreten.
Drei Rettungswege gibt's: zu beten,
Zu sterben, und »Ich liebe dich!«

Und alle drei in gleicher Weise
Gewähren Ruhe, geben Mut.
Es ist wie holdes Sterben, wenn wir leise
Beten: »Ich liebe dich! Sei gut!«

Berlin

Dezember 1923

Guten Morgen, Liebling! Gestern Nacht
Hat ein Kerl mich überfallen,
Wollte mich niederknallen,
Schrie: »Geld her!«, und schoss.
Ich habe ihm fünf auf den Schädel gekracht:
Hammer auf Am-bam-bam-bam-boss.
Das hat mein Haustürschlüssel gemacht.

Und heute starb er im Lazarett.
Was der wohl noch dachte – zuletzt – auf dem
Sterbebett?

Und was soll ich denken?
Welche Mächte die Kugeln lenken –
Not und Irrtum – Notwehr und Reue –?
Ob ich lache? Ob ich mich freue,
Weil dieser Kerl danebengezielt
Mich Armen für einen Reichen hielt –?

Erfrorenes Vögelchen früh
Auf meinem Fensterbrett. –
Draußen: tut – kling – hottehüh! –

Der Großstadtverkehr. –
Da kroch ich noch einmal ins Bett.
Denn ich friere so sehr. –

Wenn ich ein Vöglein wär –
Ja schön, aber kalt ist es hier …
Und so lange getrennt zu sein …
Erfrorenes Vögelein –
Flög ich zu dir.

Ein neues Jahr bricht herein

Schauen wir nun rückbezüglich
Auf die Zwischenzeit, die so vergnüglich
Uns zum Vorwand dient und uns bewegt,
Weil man sie die Jahreswende nennt,
Oder weil im kritischen Moment
Manche Uhr (wie täglich) zwölfmal schlägt.

Silvester
Verstreut Gedrucktes (1914–1928)

Der letzte Tag vergangnen Jahres

Ich ging auf Abenteuer
Durch finsteres Gassengewirr.
Ein Fenster in schiefem Gemäuer.
Inseits ein leises Geklirr
Und ein kleines, bläuliches Feuer. –
Durchaus ganz geheuer:
Feuerzangen
Bowle. Bin weitergegangen.

Das Eckhaus ist ein Bordell,
Die ganze Stadt weiß es.
Ich ging ganz langsam, nicht schnell,
Wegen des Glatteises
Hin und hinein.
Da saß unterm Christbaum allein
Ein magerer Zuhälter.
Er konnte siebzig, auch älter,
Er konnte auch Lebegreis sein.

Wir wechselten falsche Namen,
Und weil gar keine Damen
Da waren, sangen wir traurig ein Lied,
Seltsam war die Stimme des Greises.
Ich schied,
Schlich langsam wegen des Glatteises.

Das glättste von allen Wintern,
Die je ich erlebt.
Kein Sand gestreut.

Man geht – sitzt auf dem Hintern,
Hat nichts gebrochen – erhebt
Sich wieder – und sitzt erneut.

Quer übern Weg plötzlich lief
Eine Katze. Also: Ich trat
Schnell drei Schritt zurück. Da rief
Hinter mir »Au!« ein Marinesoldat.

Wir gestanden als Wasserratten,
Was wir zuvor schon getrunken hatten.
Wir haben uns an-ahoit.
Kein Sand war gestreut.
Wir lagen. – Was soll ich lange noch sagen –
Liefen, lagen, liefen –.

Und riefen
Die Damen herunter, wollten was tun,
Wildes, wie Stierkampf oder Taifun.
Doch wir entschliefen
Ohne Weiber unter dem Baum.
Der Lebezuhälter
Pfiff rückwärts im Traum.

Der nächste Tag war viel kälter.

Jahresausklang

Wenn der Christbaumschmuck – soweit nicht
aufgefressen –
Speicherwärts sich drückt in die Vergessenheit,
dann – gänsehalsig – nadelnstreuend –
Fliegt die Tanne in die Küche.
Und von da an geht, uns hoch erfreuend,
Auch das alte Jahr sanft in die Brüche.

Wenn Gerüche aus der Küche
Lieb in unsre Nasenlöcher lachen:
Karpfen, den man blau gemacht,
Punsch, uns selber blau zu machen,
Krapfen, die im Fett geschwommen –
Ach, wer möchte dann nicht wachen
Bis zur Mitternacht?

Silvester I

Es gibt bei Armen und Reichen
So manche Herzen bang und still;
Aus manchem dieser Herzen will
Die Sorge nimmer weichen.

Ich bin einer neuen Idee auf der Spur
Und überlege sie sehr:
Man sollte armen Leuten nur
Gutes tun oder sagen,
Ohne vorher oder hinterher
Nach ihnen zu fragen.

Wer hat das wohl zuerst bestellt,
Was nun so glatt sich leiert:
Dass jeder Stand und alle Welt
Terminlich trauert und feiert.

So wünschlein-pünschlein den andern gleich
Will ich mich nüchtern betrinken,
Um gegen Morgen durchs Federweich
In Kaktusträume zu sinken.

Etwa: Dass eine Mutschekuh,
Die vollgefressen mit Heu war,
Mein Zimmer betrat und rief mir zu:
»Prost Neujahr, Herr Doktor, prost Neujahr!«

Silvester II

Dass bald das neue Jahr beginnt,
Spür ich nicht im Geringsten.
Ich merke nur: Die Zeit verrinnt
Genau so wie zu Pfingsten,

Genau wie jährlich tausendmal.
Doch Volk will Griff und Daten.
Ich höre Rührung, Suff, Skandal,
Ich speise Hasenbraten.

Mit Cumberland, und vis-à-vis
Sitzt von den Krankenschwestern
Die sinnlichste. Ich kenne sie
Gut, wenn auch erst seit gestern.

Champagner drängt, lügt und spricht wahr.
Prosit, barmherzige Schwester!
Auf! In mein Bett! Und prost Neujahr!
Rasch! Prosit! Prost Silvester!

Die Zeit verrinnt. Die Spinne spinnt
In heimlichen Geweben.
Wenn heute Nacht ein Jahr beginnt,
Beginnt ein neues Leben.

Der Glückwunsch

Ein Glückwunsch ging ins neue Jahr,
Ins Heute aus dem Gestern.
Man hörte ihn sylvestern.
Er war sich aber selbst nicht klar,
Wie eigentlich sein Hergang war
Und ob ihn die Vergangenheit
Bewegte oder neue Zeit.
Doch brachte er sich dar, und zwar
Undeutlich und verlegen.

Weil man ihn nicht so ganz verstand,
So drückte man sich froh die Hand
Und nahm ihn gern entgegen.

In der Neujahrsnacht

Die Kirchturmglocke schlägt zwölfmal Bumm.
Das alte Jahr ist wieder mal um.
Die Menschen können sich in den Gassen
Vor lauter Übermut gar nicht mehr fassen.
Sie singen und springen umher wie die Flöhe
Und werfen die Mützen in die Höhe.

Der Schornsteinfegergeselle Schwerzlich
Küsst Herrn Konditor Krause recht herzlich.
Der alte Gendarm brummt heute sogar
Ein freundliches: Prosit zum neuen Jahr.

KOPFSCHÜTTELND meinte die Sonne: »Ei, ei!«
»Bei Nacht passiert doch so mancherlei!«
»Ja.«, brummte der Dichter, »ich denke wie du,
Bei Nacht geht alles ganz anders zu.«

Im Stillen haben sich beide gedacht:
Das Beste ist wohl, man schläft bei Nacht.

Freude

Freude soll nimmer schweigen.
Freude soll offen sich zeigen.
Freude soll lachen, glänzen und singen.
Freude soll danken ein Leben lang.
Freude soll dir die Seele durchschauern.
Freude soll weiterschwingen.
Freude soll dauern
Ein Leben lang.

Verzeichnis der Texte und Druckvorlagen

Die Texte der vorliegenden Ausgabe folgen – unter behutsamer Angleichung an die neue Rechtschreibung – den hier verzeichneten Editionen; in den Textnachweisen werden sie jeweils mit den angegebenen Titelsiglen abgekürzt zitiert. Die mit * versehenen Überschriften wurden vom Verlag formuliert.

AG	Joachim Ringelnatz: Allerdings. Gedichte. Berlin: Rowohlt, 1928.
G	Hans Bötticher: Gedichte. München/Leipzig: Hans Sachs-Verlag Schmidt-Bertsch & Haist, 1910.
GdJ	Joachim Ringelnatz: Gedichte dreier Jahre. Berlin: Rowohlt, 1932.
Ge	Joachim Ringelnatz: 103 Gedichte. Berlin: Rowohlt, 1933.
GW	Joachim Ringelnatz: Das Gesamtwerk in sieben Bänden. Hrsg. von Walter Pape. Zürich: Diogenes, 1994.

Weihnachten mit Ringelnatz

9 GW 6,14 f.

In Schnee und Eis

11 GW 2,142 | 13 G8 | 14 GW 1,364 | 15 GW 1,414 | 16 GW 2,111 f. | 17 Ge 15–17 | 19 GW 1,225 f. | 21 GdJ 34 | 22 GW 2,242 | 23 GW 1,232 | 25 G 14

Der Zauber der Vorweihnachtszeit

27 GW 1,228 | 29 Ge 93 f. | 30 GW 1,51 f.

Das Fest der Seligkeit

33 GW 2,261 | 35 GW 1,40 | 36 GW 2,261 | 37 GW 1,331 f.

Kostbare Gaben

39 GW 1,60 | 41 GW 1,265 | 42 GW 1,349 f. | 43 GW 2,72

Weihnacht in weiter Ferne

45 GW 1,139 | 47 GW 5,125 f. | 49 GW 4,155–159 | 57 GW 1,54 | 59 GW 1,123–125

Weihnachtsgrüße

63 GW 2,338 | 65 GW 7,247–251 | 70 GW 2,77 | 71 GW 1,230 f.

Ein neues Jahr bricht herein

73 GW 2,157 | 75 GW 1,412 f. | 77 *GW 2,155 | 78 GW 1,413 f. | 79 AG 130 | 80 GW 2,107 f. | 81 GW 2,261 f. | 82 GW 1,39